새벽이 오는 소리

개미

새벽이 오는 소리

정상석

전문예술단체 〈장애인인식개선오늘〉은 장애인의 문화
예술 활동을 지원하는 프로그램을 통해 장애인이 창조적
문화예술 활동을 하면서 성장하고 인정받는 것은 장애인
어느 한 개인의 역량만으로 가능한 것은 아닐 것입니다.

더불어 장애인 문화예술 활동을 활성화시키기 위해서
는 장애인의 문화적 욕구와 권리에 대한 국가적 차원에
서 지원과 배려가 반드시 필요하다고 생각합니다. 지금
까지 장애인 문화예술 활동에 대한 배려가 없었던 것은
아니었지만 비장애인에 대한 지원과 배려에 비해서는 미
미한 수준이라고 생각됩니다.

장애인의 '문화적 권리'가 '적극적 권리'로 규정된 것
에 비해 장애인의 경제적 조건은 여기서 말하는 개인의
경제적 조건이 아닌 인간의 가장 기본적인 권리 이동권
과 문화 향유에 대한 시민적 권리를 말하는 '인권적 측
면'을 지칭하는 것입니다.

장애인의 문화예술은 교육활동과 참여할 수 있는 기회
를, 이동권 확보를 통해서야 비로소 직업재활과 경제활

동 등을 할 수 있는 생산적 복지의 틀을 '대한민국 장애인 창작집 발간지원'을 통해 콘텐츠 확보에 주력하였고, 가능성을 확인할 수 있는 결과를 '2014년 세종도서문학나눔 우수도서'에 선정된 장애인 작가들의 작품성을 통해 확인하였습니다.

곧 '장애인문학'의 대중화를 시킨 최초의 사례가 된 것입니다. 즉 장애인 문화예술교육 활동의 기회제공, 이들의 작품성으로 인한 대중적 접근성을 신장하였고 문화예술계 전반에 참여할 수 있는 역량강화에 이바지한 것입니다.

또한 이와 같은 장애인 사회참여 과정은 작가와 독자가 되어 보다 풍요로운 삶을 영위할 것이며 동시에 사회통합과 공동체 사회의 이념을 다듬어 나가는 초석이 될 것입니다.

이번 장애인 창작집 발간지원 사업에 선정된 장애인 작가들은 작품집과 대중성을 확보하여 문화적 권리 즉 장애인문학을 통하여 보다 적극적인 문화적 권리 함양에 이바지함은 물론 이러한 콘텐츠를 통하여 일자리 창출의 기회를 삼아 '생산성 있는 문화 복지'의 주인이 되길 바라는 마음 간절합니다.

2015년 세밑에서
전문예술단체 〈장애인인식개선오늘〉
대표 박재홍

장애인 예술의 개념을 보면 장애가 있는 대부분이 스스로의 예술 작업을 장애예술이라는 용어로 구분지어 불리는 것에 대한 거부감을 가지고 있는 등 장애예술이라는 용어 자체가 작금에 논란이 되고 있는 것은 사실이다.

그러나 최근 문화복지 신장과 문화예술의 사회적 통합의 역할이 강조되어 장애인 예술 활동에 대한 사회적 관심이 높아짐에 따라 장애인과 관련된 예술 및 예술 활동의 정의와 범주에 대한 논의가 활발히 전개되고 있다는 것 또한 사실이다.

현재 논의되어진 장애인 예술을 "신체적 정신적 장애를 가지고 있는 사람이 예술작품을 창작하거나 표현하는 행위"로 한시적으로 정의함을 정론으로 하고 있다.

결국 일반적으로 예술인들은 아래의 특징을 가지고 있다. 예술창작을 본질적인 부분으로 생각하고, 고용되었거나 어떤 협회에 관여하고 있는지의 여부에 관계없이 예술인으로 인정받고 있거나 인정받을 수 있는 사람으로 규정하고 장애예술인 역시 위의 예술가의 특징을 가지고 있으면서, 신체적·정신적 장애를 가지고 예술 활동을 하고 있는 사람으로 규정할 수 있다고 정론화된 다수의 의견을 전제로 선정된 작가들의 심사평을 쓰기로 했다.

정상석 『새벽이 오는 소리』는 특이한 용기와 기백이 시에 묻어난다. 춘천시 자립생활을 처음으로 시작하였고, 산문과 시를 넘나들며 자신의 기량을 여과없이 반영된 긍정적이고 자존감이 강한 시인이다.

벌써 두 번의 시집 상재는 그의 이력이 시적으로 탄탄하고 시가 보여주는 긍정성은 시를 읽는 사람들을 편하게 만든다. 세상은 돋보기에 굴절된 자신만의 에너지를 통해 나타난다고 전제한다면 정상석의 시는 채굴되지 않는 언어들의 원석임을 느낄 수 있다.

비록 세상이 왜곡되어도 자신의 작품성과 살아가는 삶의 지행합일(知行合一)의 비늘처럼 살고 있는 용기가 사람들에게 또 다른 도전을 안겨줄 수밖에 없다.

— 심사위원회

리모컨센서의 버튼을 눌러 불을 끄고
잠 못 드는 깊은 밤을 하얗게 지새우다가
새벽이 오는 소리를 들을 때마다
생각나는 친구가 있습니다.

삶에 지치고 힘들 때 말없이 저의 곁에 찾아와
위안이 되어주고 힘이 되어주던 고마운 친구가 있습니다.

어둠 속에서 그 친구의 이름을 가만히 부르며
하고 싶은 말들을 중얼거립니다.
네가 생전에 나의 곁에 찾아와 있는 동안
정말 "행복했고 고마웠다"고.

끝으로 저를 사랑해 주시고 응원해 주시는 모든 분들
과 이번에 이렇게 시집 출간의 기회를 주신 박재홍 시인
님께 진심으로 감사의 인사를 드립니다.

2015년 12월
정상석

새벽이 오는 소리

차례

제2부

희망을 갖고 사는 이름으로

제3부
내 마음의 초인종을 눌러주세요

제1부
새벽이 오는 소리

너무 편안한 하루였다

어느 날처럼
네가 생각나지 않고
또다시 아프지 않고
너무 편안한 하루였다

새벽녘에 빛나던 초신성이
어디론가 사라지고
고독이 밀려올 때
나는 몸살을 앓는다

그리움이 춤을 추고
정신줄 놓아버린 시간 속에
나는 허기진 짐승처럼
너의 흔적들을 찾아
헤매 돌아도
너를 이 세상에서
만날 수 없다는 것이 안타깝다

나의 슬픈 눈빛을 보면
내가 있는 곳으로
달려와 줄 것 같은
환상에 빠져들게 하는
너를 잠시 잊고
미안한 마음으로
생각해보니
정말 행복한 하루였다

내 사랑 돈키호테

길고 긴 창 끝을 곧게 새우고
비바람 몰아쳐 오는
저 들판에 성벽처럼 서 있는
풍차괴물을 향해
겁 없이 달려드는 이름을 아시나요

여린 몸이
산산이 부서질 것을 알면서도
무모하다고
생각이 들 정도로
당신의 모습은
용감하고 또 사랑스럽습니다

감미로운
나의 입술을 선물하고 싶습니다

가을비 내리는 날

가을비라서 차가운가요?
아니면 당신이 맞은
그 비가 차가워서 서글픈가요

목마른 대지 위에
서글픈 비가 흩뿌리고
아무도 없는 이 가슴이
무너지게 지금 창밖에
스산한 기운이 맴돕니다

비 오는 하늘을 바라봐도
괜스레 눈물나는
시간의 얼굴을 기억하는
낙엽이 떨어지듯이
가을은 이렇게
촉촉하게 비에 젖어갑니다

10월

곱게 곱게
나뭇가지 위에
가을 햇살이
단풍을 물들이고요

스산하게
저녁 바람 불어
빈 거리에 낙엽이
떨어져 뒹굽니다

쓸쓸함이
그리움으로 변하여
추억 속으로
나를 데리고 가고요

하얀 국화 꽃잎으로
높은 하늘 바라보며
노래하는

10월의 어느 날입니다

첫눈을 기다리며

애달픈 옛사랑의 기억
예고 없이 몰아닥친
초겨울 샛바람에
긴 머리칼을 흩날린다

서글픈 이야기 하나로
외롭고 정에 굶주린
짐승의 울음소리 되어
성난 귓가를 맴돌고 있다

칼날 같은 차가운 기운이
나의 옷깃 속에 스며들고
첫눈을 기다리며
나 빛바랜 종이 위에
너의 하얀 얼굴을 그려본다

바보처럼 살아도

세상 모르는 것처럼
정신 없이
바보처럼 살아도
마음이 아플 때가 있어요

때로는 함께 웃고 울던
세월들이 지나감을 알아갈 때
그것이 거부할 수 없는
숙명인 것을 느낄 때가 있어요

눈물이 메말라버린 듯이
그 옛날 그때를 회상하며
밝은 햇살 속에 살아도
슬픈 이야기를
바람에게 들을 때가 있어요

자유를 위하여

자유를 위하여
나 노래 부르리
태어나서 처음 간직한
바닷가의 추억
나 영원히 노래 부르리

자유를 위하여
나 꿈을 꾸며 미소 지으리
태어나서 처음 느낀
따사로운 사랑으로
나 꿈을 꾸며 미소 지으리

저 밝은 태양 아래
갈매기 낮게 날고
밀려오는 파도 친구 되는
쪽빛 바다를 바라보며
나 자유를 위하여
지난 축제의 밤을 잊지 않으리

고독이란 이름의 고백

지금 아무도 없는
어두운 가을밤 거리에는
소리 없는 잔상인 채로
낙엽의 추억만이 피어오르고
그리움의 나래 펴듯이
상념에 잠긴 눈빛으로
나는 오늘을 정리하고 있다

보이지 않는 벽 사이로
하얀 국화 꽃잎은 피고 지고
어느새 다가오는
이 망할 놈의 생각들이
머리를 가득 채우고
수없이 되묻은 질문들만이
내 주위를 포위하듯 감싼다

고독이란 이름의 고백을 한 것인가,
언제까지 기다려야 하는지 모를

길고 긴 시간 속의 미로를 지나
한 마리 자유로운 새가 되거나
아니면 온몸을 휘감고 있는
말 못하는 짐승의 목줄이 되어
더 큰 가슴속에 열정을 간직하고서
이 눈물 같은 밤을 토해내고 있다

새벽이 잠들다

신나게 노래하고
춤을 추며 어둠이 깔린
새벽하늘에 샛별 되어
행복의 나라로 길을 떠나자

너의 심장이
못된 상념을 지키다
새벽을 잠재우고
우리 영혼의 목마름이
적셔오는
인연의 나라로 말이다

나의 사랑을
그리워하지 않아도 되고
시간을 채우고 있는
기나긴 고독이
연기처럼 사라진
저 수면의 나라로 여행을 떠나자

거울 속에서

거울 속에서
나는 나와 똑같이 생긴
또 하나의 나의 모습을 본다

어떤 날은 기뻐서 웃고
어떤 날은 슬퍼서 울고
추운 날이나, 더운 날이나
언제나 나와 똑같은 얼굴로
나의 행동을 응시하면서
나를 따라하고 있다

나는 거울을 볼 때마다
거울 속에 비친
또 다른 나에게
다짐하듯이 말을 한다

영원히 어린 아이처럼
해맑은 웃음 간직하고

살아갈 순 없겠지만
먼 훗날 시간이 흘러도
이렇게 변치 않는
순수를 사랑하면서 살자고……

내 가슴에 흔적만 남기고

지금 무심히 들려오는
슬픈 노랫소리가
비 내리는 이 시간
너를 생각나게 하고 있다

독백 같온 중얼거림으로
못 잊을 이름 하나
마음 아픈 이야기로
너를 불러보게 하고 있다

얼음처럼 차가운 기운이
아주 냉정한 전설로
내 눈가에 이슬 맺히게 하고
너를 추억하게 하고 있다

살아생전 나보고
가슴 아픈 글만 쓴다더니
슬픈 영혼의 시가 되어

너를 떠올리게 하고 있다

내 가슴에 흔적만 남기고
흐르는 강물 따라
그리워할 사람을
국화꽃 몇 송이로
내 어이 띄어보내리

가을비는 추억 속에서

가을비는 추억 속에서
낙엽을 적시고
서글픈 그리움 되어
너무 투명한
유리창에 흐르고 있다

너의 사연을 적은
친구의 편지를 받고
또 읽는 것처럼
내가 이 세상을 살면서
괴로운 일은 없었다

아무것도 보이지 않는
안개 속을 헤매듯이
어두운 밤을 지새우다
아침이 밝아오면 사라지는
이 가을의 초상을 본다

나의 귓가에 속삭이듯이
소리 없이 가을비는
허전함으로 빗방울을
너무 아름다운
꽃잎 위로 떨어뜨린다

새벽이 오는 소리

고독이 싫어
차라리 술잔에
고독을 타서 마시다 보면
안개 자욱한 숲길 사이로
새벽이 오는 소리가 들린다

다시 불러보고 싶은 이름과
못내 꿈속에서나
만날 수 있는 불면의 모습이여,
어디선가 불어오는 칼바람을
굳은 표정으로 맞고 서 있는
새벽의 그림자를 바라본다

어느새 캄캄한 밤을 보내고
고독이 눈을 뜬 이 시간,
전설 속에 무서운 짐승 되어
내가 있는 겨울의 나라까지
저 멀리서 다가오고 있다

몹시도 아픈 사연을 가진
추억들이 허공에
파편처럼 떠돌고
어느 순간에 느껴지는
차가운 기온이 되어
선홍빛의 영상으로 밝아온다

가을 풍경을 보다

길가에 가지러니 널려져
쏟아지는 햇볕에
잘 마르고 있는 고추를 보고
나 그 속에서 가을 풍경을 보다

길고 길었던 여름의 끝자락
그 징글맞은 더위가 물러간 뒤
사랑의 열병을 앓은 흔적들처럼
하늘 높이 피어오르는 연기를 보다.

아직 나에게 남은 그리움 쫓아
이 가을 조용한 길을 가다가
지난 사랑과 추억에 단풍 들 듯
너의 맑은 눈빛 속에서 나를 보다

죽지 말고 살아라

차디찬 바람이 불어와
하얀 꽃잎이 휘날려도
어둠 속에 갇혀 있는 이여
잡초처럼 죽지 말고 살아라

아무것도 없는 겨울 들판에
고독이 춤을 추어도
긴 침묵 속에 울고 있는 이여
노래하며 죽지 말고 살아라

아무도 너의 마음을 몰라
갑자기 하늘에서
천둥번개 내리쳐도
나를 향해 손짓하는 이여
힘을 내서 죽지 말고 살아라

관객이 되어

지금 무대 위에서
슬픈 노래를 부르며
나를 바라보는
저 가수는 노래하고 싶은
내 마음을 알고 있을까

사람들이 나보고
슬픈 시만 쓴다고
뭐라고 그러는데
지금 무대 위에
저 가수는 들으면
눈물나는 노래만 부르네

지금 무대 위에서
신나는 노래를 부르며
춤을 추는
저 가수는 자유롭고 싶은
내 멍울을 알고 있을까

사람들이 나보고
어둠 속에서
너무 오래 있었다고
이제 그만 나오라고 하지만
여전히 나는
그 안에서 맴돌고 있네

들으면 눈물나는 노래만 듣고
슬픈 시만 쓰고 있어도
영원히 그 안에서만 머물러 있으면
진정한 행복을
찾지 못할 것이라는 것을
나는 알고 있다

지금 무대 위에서
저 가수가 부르는
노래가 슬프고
내가 쓰고 있는 시들이

눈물나는 세상을
담았다고 해도
나는 이제 두 손으로
박수를 치며
그 안에서 행복을 찾으리라

— 2010년 12월 7일 KBS콘서트7080 공연을 보고 와서

추억이 잠든 시간

사람들에게 추억이란
그저 아름다운 꿈결처럼
오랜 공상 속에
살아있다가 어느 순간
사라져 가는 것이다

그래서 사람들에게
추억이란 소중하고
또 어떻게 생각하면
견딜 수 없이
괴로운 것인지도 모른다

그리움이 많은
사람들에게 추억이
가져다준 행복도 많지만
그 동시에 가슴에 통증을
느낄 만큼 추억이란
다시 돌아올 수 없는
시간 속에 잠들어 있다

그리운 사람

목을 놓아 울어본들
무슨 소용이 있으랴
그리운 사람

바람결에 흘러가는
구름처럼 가버렸구나
그리운 얼굴

깊은 밤 보고픔으로
한순간에 흩어져버린
그리운 모습

이제 다시 볼 수 없는
너를 잊지 않으리
그리운 이름

창밖에 눈

외로운 창밖에 눈이 내렸으면
산제비 날아드는 이른 봄날
그 좁은 오솔길로
산책 나가던 추억을 떠올리리

쓸쓸한 창밖에 눈이 내렸으면
좀처럼 떠오르지 않는
당신 모습 떠올리며, 얼어붙은
가슴에 모닥불 지펴놓으리

어두운 창밖에 눈이 내렸으면
그 어둠 하얗게 밝혀주는
아아, 차라리 어두운 창밖에
하얗게 눈이라도 내렸으면……

사랑이 사라진 세상은

사랑이 사라진 세상은
우리 몸이 너무
건조해질 것입니다

사랑이 없어진 세상은
생각만 해도
외로워질 것입니다

소낙비 내린 뒤
맑은 하늘 밑에
살고 있는 우리들은

사랑 없인
살아갈 수 없는
나약한 존재기에
그렇습니다

별똥별

무심히 바라보는 밤하늘에서
수많은 별똥별들이 떨어지는
광경을 보았습니다

찬란하게 빛을 내며
지구로 자꾸만 떨어지는
수를 셀 수 없는
저것들은 별똥별들입니다

고개가 아프도록 밤하늘을
올려다 보았는데
계속 아름답게 속삭이며
내 마음에 떨어지는 저것들을
넋을 놓고 바라봅니다

바로 하늘나라에서
내가 외로울까봐
작은 당신의 영혼이

내려오는 착각에
잠깐 정신을 놓고 말았습니다

내 마음의 바다에서는

내 마음의 바다는 지금
내가 이길 수도
감당할 수도 없는
폭풍주의보가 내려져 있다

폭풍주의보가 내려진
갈피를 잡을 수 없는
눈물뿐인
내 마음의 바다에는
그리운 이름 하나 있다

그러나, 나는 이제
내 마음의 바다에서는
저 멀리 밀려오는
성난 파도가
송두리째 무너뜨릴
추억의 모래성을
쌓지 않을 것이다

그리고, 나는 이제
내 마음의 바다에서는
고요 속에서 떠오르는
마지막 흰 포말과
고독의 외침 따윈
또다시
듣지 않을 것이다

수평선 아득한 곳에서
날아온 갈매기 한 마리
나에게 기쁜 사랑을
말해주는
내 마음의 바다에서는……

네가 돌아오는 날에는

네가 돌아오는 날에는
오랜 그리움의 세월들을
둘이 앉아 얘기할 수 있는
반가움의 양탄자를 깔고
너를 맞이하겠다

네가 돌아오는 날에는
깊이를 알 수 없는
사랑의 강물을 바라보며
진달래꽃 두 손에 들고
너를 맞이하겠다

네가 돌아오는 날에는
보고 싶었단 말 대신에
오랜 세월이 지났노라고
그저 그렇게 말하며
너를 맞이하겠다

제2부

희망을 갖고 사는 이름으로

바닷가에서

굽이굽이 대관령 고개 넘어
강릉 경포호를 지나
나는 난생 처음
바다에 도착해 있다

시원스레
파도치는 물살 위로
갈매기 한 마리
날갯짓하며 낮게 날고
하얀 포말
춤을 추는 해변에서

너무 짓궂은
어린아이의 모습으로
장난치는 사람들과
연신 카메라 셔터를
누르는 손길이
왠지 바쁘기만 하다

수평선 저 멀리에
뭐가 있기에
나는 그토록
바다를 그리워했을까

바다에 온 기념하라고
조개껍질을 주어와
빈 음료수 병에 담는
이의 고마운 마음
영원히 잊지 않으리라……

나는 아직 사랑에 목이 마르다

나는 지금 시를 쓰고 있다

아니, 나는 지금
나의 텅 빈 곳을 채우려고
낙서를 하고 있는 것이다

나에게는 시를 쓸 수 있는
아직 식지 않은 가슴이 있고
내가 시를 쓸 때마다
느끼는 자유가
내 안에서 숨 쉬고 있다

그러나, 나는 욕심이
아주 많은 존재인가 보다
자고 나면 쓸쓸해지고
하루에도 몇 번씩
외로움을 느끼니까

그래서, 나는 아직
때론 고독 속에서
사랑에 목이 마르다……

눈꽃

겨울 날씨는 추워서
나뭇잎이 다 떨어져
헐벗은 길가에 나무는
차가운 칼바람에
떨고 있다네.

외롭지 않게 창문 넘어
눈이라도 내리면
헐벗었던 나무는
꼬까옷을 입게 되니
따뜻하고 포근해서
절로 신이 나네.

머지않아 산에 들에
행복한 봄이 오면
개나리, 진달래 피겠지만
지금처럼 하얀 눈꽃 핀
햇살 받은 한겨울 날의

창밖 풍경은 아름다워라.

네가 숨 쉬고 남는 공기있다면

네가 숨 쉬고
혹시 남는 공기 있다면
나에게 조금만
나누어 줄 수 있겠니.

네가 살고 있는 나무
혹시 남는 둥지 있다면
내가 살도록
허락해 줄 수 있겠니.

나는 숨 쉴 공기조차
희박한 곳에서 살다가
이렇게 못난 자태로
도망쳐 나온
이름 없는
별빛의 영혼이란다.

신이 내린

아름다운 노래로
세상 모든 아픈 가슴
위로해 주는
행복이란
이름을 가진 새야.

밤하늘을 날아서

밤하늘을 날아서
너의 맑은 눈빛처럼
밝게 빛나는 별나라로
나 여행을 떠나면

밤하늘을 날아서
너의 엷은 미소처럼
영원의 꽃밭엔
어여쁜 꽃이 피고

밤하늘을 날아서
너의 별빛 속에
꽃다발 만들어
나 돌아오고 싶어

연기

백발이 성성한 머리 풀고
이승과 저승의 경계를 넘어
너는 홀연히
저 하늘로 올라가는구나

이 세상에 머물렀다 간다는
슬픈 흔적조차 없이
너는 쓸쓸히
저 하늘로 올라가는구나

아직도 가슴엔 아쉬움 남아
아픈 사랑 등에 짊어지고
너는 그렇게
저 하늘로 올라가는구나

내가 이 세상에 머무는 동안

내가 이 세상에 머무는 동안
그저 희망을 주는
시 한 편 남기고 가면
그 얼마나 행복이겠는가.

내가 이 세상에 머무는 동안
그저 아름다운
노랫가락 부르다 가면
그 얼마나 축복이겠는가.

저기 저 기적 같은 아침은
밤새워 그리움 하나
참지 못한 새가 가여워
지상에 은빛 햇살 뿌려가며
우리들 가슴에 밝아오지만

슬픈 빛에 날개 꺾인
새들처럼 우리들은

겨우 어둠이 가신
아침의 머나먼 하늘
바라보고 있다.

마치 목놓아 누군가를
기다려 온 저 작은 숲 속
푸른 풀잎 바라보며
하루해를 맞이하고 있다.

환상

너의 오랜 가뭄
해갈해 줄 한 줄기 단비가
너무도 쓸쓸한
아파트단지를 적셔주고

촉촉이 젖은 회색 빛깔
숲 사이로 겁없이 달려가던
자동차 한 대가 멈춰 서더니
곧이어, 모르는
비둘기의 모습으로
나타나는 너의 영상

아아, 내 눈앞에 진정
내가 그렇게 사랑하던
너의 모습이 서 있는지
몇 번이고 확인해 보았지만
그저 스쳐 가는 바람 속에
메케한 자동차 매연만이

너의 빈자리를 메우고 있구나……

웃음꽃

꽃은 꽃이 맞는 것 같은데
형체가 보이지 않는
아름다운 꽃이
우리 눈앞에 피어있다.

정말 오랜만에 만나
반가운 얼굴에
미소로 피는 꽃이
우리 눈앞에 피어있다.

서로 밝은 웃음 바라보며
두런두런 이야기 나누는
정든 사이 만개한 꽃이
우리 눈앞에 피어있다.

희망을 갖고 사는 이름으로

아름다운 이야기를
세상에 곱게 풀어놓고
마음속에 시 한 편 떠올릴 때
너는 꿈을 이룬 사람이 된다.

지난날들의 힘들었던 기억을
어디론가 먼지처럼 날려버리고
희망을 갖고 사는 이름으로
다시 태어나는 사람이 된다.

돌처럼 이 세상에서
제일 단단한 존재가 되려고
너의 행복한 삶 속에
어둠의 그림자가 다가서지 않게
비바람 이겨낸 사람이 된다.

한 사내와 하늘의 싸움 이야기

한 사내가 먹구름 짙게
몰려오는 어두운
하늘을 바라보고 서 있다.

잠시 후 사내가 서 있는
지상을 향해 번개가 내리쳐도
사내는 자신을 향해
내리치는 번개를
전혀 두려워하지 않는다.

오히려 더욱 성난 사내는
하늘을 향해 삶의 무상함을
이야기라도 하려는 듯이
목청 높여 소리친다.

그러자 하늘은 사내가 서 있는
지상으로 천둥을 내리치며
사내를 기절케 했고

그 자리에서 정신을 잃은
사내는 꿈에서 깼다.

밤꽃 향기

밤꽃 향기 들어오게 닫혀있던
나의 마음에 창문을 활짝 열고
6월의 싱그러운 바람을
온몸으로 느끼며
밤꽃 향기에 취해
방랑자 되어 여행을 떠나요.

밤꽃 향기 그윽한 숲길로
거기 아름다운 숲 속에 살던
뻐꾸기들의 노랫소리를 쫓아
나의 눈 먼 영혼은
밤꽃 향기에 반해
나그네 같이 소풍놀이 떠나요.

밤꽃 향기 나는 숲 속에서
작고 귀여운 요정 되어
순수를 꿈꾸던
어린아이의 눈망울 바라보며

밤꽃 향기에 녹아
새 희망의 길로 어서 떠나요.

시간이 정지된 자리

한 자루의 촛불이
긴 어둠을 밝히고 있다.

누군가의 눈물이
촛농 되어 촛대 밑으로
아주 조용히 떨어지고
무심히 열어둔
창밖에 저 별들은
누구를 위해 빛나는가.

이미 어둠이 짙게 깔린
컴컴한 밤하늘에서
대낮의 밝은 햇살과
달빛이 되어버린
타인들의 사랑이야기만이
구슬피 들려오고

시간이 정지된 자리

촛대 밑으로
누군가의 눈물이
촛농 되어
자꾸만 덜어지고 있다.

나는 매일 자살을 꿈꾼다

나는 매일
새로운 생명을
얻기 위해
자살을 꿈꾼다.

하얀 갈매기 나는
거기 그곳
강릉 경포 하늘 밑에
나를 버렸다.

아주 자유로이
저 푸른 바닷속을
열대어 되어 헤엄치는
꿈을 꾸기 위해……

철로변 이야기

내가 사는 아파트 정면에는
기차가 지나가는 철길이 있다.
나는 쓰디쓴 커피를 마시며
기차가 지나가는
철로변 풍경을
베란다에서 내다보고 있다.

너무도 차디찬 레일을 따라
세월이 빠르게 지나가듯
저 철의 괴물은 기적소리
요란하게 울리며
총알처럼 지나가고 있다.

서산에 석양이 선홍빛으로
물이 든 이 시간에도
기차는 쉬지 않고
어둑어둑해진
철길 위를 지나가고 있다.

당신은 행복한 사람입니다

억수 같이 퍼붓는
빗줄기 속에서
우산 하나 챙겨들고
희미한 버스정류장에 나가
당신을 기다려 줄
친한 친구가 있다면
당신은 행복한 사람입니다

당신이 아주 심한 감기에 걸려
37도를 오르내리는 고열에 시달리며
자리에 누웠을 때
당신 곁에서 눈물 글썽이며
안타까워해 줄
한 사람이 있다면
당신은 행복한 사람입니다

길고 긴 세월이 흘러
당신 생의 마지막 순간

그저 조용히 젖은 눈빛으로
가슴에 아쉬움 하나 새기면서
먼 훗날까지 당신을 기억해 줄
고은 이가 혹시 있다면
당신은 행복한 사람입니다

가을의 느낌이 아프다

내 가슴에 하늬바람 불어
서글픈 가을인가 보다.

작은 산에 단풍이 물들어
고독한 가을인가 보다.

어느새 싸늘해진 거리 풍경
어깨가 옴츠려지듯
가을의 느낌이 아프다.

누구에게도 말할 수 없는
그리움의 통증으로
나는 견딜 수 없이 아프다.

잡초인생

밟아도 잃어서고
뽑혀도 또다시
이 땅 위에 돋아나는
나는야 잡초인생.

끈질긴 생명력과
악착같은 성격으로
무장한 채
이 세상을 살고 있다.

봄날의 햇살을 먹고
자라난 영혼들아
너희는 어디서
지금 무얼 하느냐.

쓰러져도 눈물이 없고
아파도 아파할 수 없는
저 푸른 수풀 속에

나는야 잡초인생.

일출을 보다

난생 처음으로
파도치는
새벽바다에서
일출을 보았다.

구름 사이로 떠오르는
행복과 희망 같은
태양의 영상이었다.

저 동해바다의
눈부신 햇살을 받아
나의 힘든 삶도
하얀 파도의 물결로
반짝이길 기도했다.

아아, 불어오는 바닷바람 속에
영원히 잊을 수 없는
추억 하나 가슴에

가득 품고
나는 여기에 돌아와 있다.

세상을 살면서

세상을 살면서
외로움에 빠지지 않으려면
먼저 '고독이'라는
말뜻의 의미를 알아야 한다.

세상을 살면서
당신을 그리워하지 않으려면
먼저 '사랑'이라는
두 글자의 미련을 지워야 한다.

그리하여, 내 인생의 항해에서
모진 풍파 겪게 되더라도
더 강한 내가 되어
네가 있는 그곳,
극락세계를 올려다보며
환한 미소 한 번
지어 보일 수 있을 테니까.

가위눌림

그날 밤은 겨울비 내리고
유령의 비명 같은
정체 모를 소리가
곤히 자고 있던
나의 단잠을 깨우더니

그저 비가 내리는
겨울밤의 악몽이었던가
나는 무서움과 두려움에 떨며
꼼짝할 수가 없었다

혹시라도 소리 지르면
창밖에 유령이 나에게 다가와
해코지할까 봐
그냥 숨죽이고 있었는데

내가 무서움과 두려움에
떨고 있는 것을 눈치챘는지

저승사자의 형상으로
나뭇가지들과 잎사귀들이
세찬 바람에 흔들리고 있었다

우리가 황금별에 가면

우리가 꿈에 그리던
황금별에 가면
병난 가슴 털어놓고
행복해질 수 있을까.

우리가 이 험난한
인생길을 지나
밤하늘 맑게 빛나는
황금별에 가면
님이 마중 나와 주려나.

아름다운 꽃잎이 잠들고
환한 미소마저 사라진
목마른 시간,

우리가 꿈에 그리던
황금별에 가면
몰랐던 서로의 사랑

알 수 있을까.

제3부

내 마음의 초인종을 눌러주세요

새벽달

가슴속에 그리움 안고
꿈꾸지 못하는 밤을 보내고

조용한 새벽이 되어
바라보는 찬란한 달빛이
차라리 눈 감아버린 채로
슬픈 이야기 하나
바보처럼 말해야 하나요

아무도 알지 못하도록
비밀이 되어버린 우리 사랑
진한 그리움으로
그대 떠난 빈자리를 채우고

차디찬 겨울바람에 떨며
나뭇가지 위에 걸려
서글픈 빛을 내며
서서히 사라지는

나는 새벽달입니다

보고 싶은 마음

세월이 지나고 지나
올해가 가기 전에
꼭 만나고픈 얼굴이 있습니다

보이지 않는 곳에 숨어 있어도
언제나 나를 생각해 주고

햇살 같은 사랑으로
아픈 나를 치료해 주고
용기가 되어주던
그래서 오랜 시간이 지나도록
나의 가슴속에서 지워지지 않는

나는 당신이 있었기에 행복했고
웃을 수 있습니다

내가 어쩌면
당신을 만나볼 수 있을지

아름다운 목소리로
아니면 문자로 알려주세요

비가 내릴 것 같습니다

정녕 늦지 않게
돌아올 것을 바라며
오늘 하루를
정신없이 살아냈습니다.

정말 지칠 줄 모르는
그리움 하나가
못난 가슴 한켠을
채우고 있는 이 밤에
입술 한 번 꾸욱 깨뭅니다.

지금 막 들려오는
창문 밖 바람소리가
어두운 거리의 네온마저
사라져버린 이야기로
푸른 달빛을 삼켜버립니다.

기억 속에 잠들어 있던

마지막 모습이 떠오르고
채 알아듣지 못한
너의 말의 뜻을 알게 될 때
메마른 대지를
적시듯이
비가 내릴 것 같습니다.

추억을 잊은 사람은

추억을 잊은 사람은
도저히 느낌조차
무뎌진 듯이
슬퍼도 슬프다고
소리 지르지도 못할 만큼
조용한 새벽에 비가 내린다.

잠시도 죽을 것 같은
사랑의 가슴앓이가
비가 되어 대지 위에 퍼붓고
삶에 지쳐 그립다는 말조차
생각 속에서 사치스럽게
네가 떠난 길가에
바람 불면 꽃잎이 휘날린다.

이렇게 미쳐버린 눈빛으로
세상을 바라보게 하는
새벽안개처럼

그 희미한 순간도
얼굴 빨개지도록 부끄럽게
외로운 밤에 피어나는
꽃잎이 되어 새벽을 물들인다.

거울을 보면서

거울을 보면서
문득 세월이
빨리 흘렀음을 안다.

거울 앞에 앉아 있는
나의 볼품 없는
초라한 모습임을 안다.

둥근 달빛이 여울지게
외마디로 우는
시간의 비밀을 안다.

그러나 삶의 마지막 순간
후회가 남지 않기를
바라는 소망인 것을 안다.

허공을 바라보며 운다

빈 가슴
못내 외로워
허공을 바라보며 운다.

차가운 바람
쓸쓸한 언덕에 불 때
허공을 바라보며 운다.

무엇이 나를 이토록
너와의 추억 속으로
데려가고 있는가.

이룰 수 없었던
너와의 사랑 속으로
데려가고 있는가.

깊은 밤 잠들지 못한
쓸쓸함이 가득 밀려와

허공을 바라보며
입술을 깨물고 운다.

사랑니가 아프다

내 사랑하는
너의 영혼은 바람 따라
어디론가 가버리고
깊은 밤
잠 못 들게 사랑니가 아프다.

내 좋아했던
기억 속에서 부끄러운 듯이
나의 너는 얼굴 붉히는데
어두운 밤
네가 생각나게 사랑니가 아프다.

내 잊을 수 없는
행복했던 봄날의 흔적
울어버리듯이
차디찬 불면의 밤
고독에 지쳐 사랑니가 아프다.

벽

나를 눈물짓게 하는 벽
내가 아무리 사랑이 그립다고
목놓아 소리를 질러보지만
차갑게 돌아앉아 있고

나를 목마르게 하는 벽
내가 아무리 정을 달라고
짐승처럼 울부짖어 보지만
나의 마음 끝내 모른다.

나를 외롭게 만드는 벽
내가 아무리 돌아오라고
굳은 손으로 손짓해도
가슴 시리도록 외면하고

나를 바라보게 만드는 벽
내가 아무리 뛰어넘으려 해도
도저히 뛰어넘을 수 없어

한겨울 눈보라 속에 서글프다.

12월의 송가

거리에는
하얀 눈이 내렸어요.

반짝이는 네온의 불빛만이
겨울밤의 풍경을 채우고
또 한해를 보내야 하는
오늘의 그림자가
춤을 추고 있습니다.

너무 오랜 시간이 흘러
이제는 허상이 되어버린
그대를 향한 그리움 하나
나의 못난 가슴에
통증처럼 남아 있습니다.

속절없이 불어오는 동풍에
살을 에이는 기억으로
12월의 그대 잘 가라고

구슬프게
손짓하며 인사합니다.

키보다 커다란 나무 밑에

밤꽃 향기
그윽한 6월의 산하에
착한 사람들의 마음을
맑은 미소로 노래하듯
하얀 꽃잎 나리고 있다.

키보다 커다란 나무 밑에
여름의 햇살을 받고 자라
귀여운 다람쥐들과
청솔모들에게
겨우내 먹을 식량이
되어줄 열매가 익어간다.

생명의 계절에 꽃잎 되어
기분 좋은 향기로
삶에 지친 우리들에게
위안이 되고
따가운 여름날의 땡볕을

견뎌낸 이름으로
아름다운 6월을 노래한다.

소중한 인연으로 만나

소중한 인연으로 만나
서로가 사랑하며
내 가족 같이 아플 때는
어루만져 주고
내 분신 같이 슬플 때는
대신 눈물 흘려주고
울어주는 존재라면 좋겠다.

너와 나의 이분법이 아니라
우리라는 이름으로
모두가 희망을 꿈꾸는
행복한 세상과
어디선가 세찬 바람 불어도
흔들리지 않는
촛불의 영혼이었으면 좋겠다.

어쩔 수 없는 굴레 속에서
강요받아 의무로 하는

희생과 양보가 아니라
정말 사랑으로 가슴에서
우러나는 진실한 눈빛으로
모든 이에게
다가서는 기쁨이라면 좋겠다.

더 강해지기 위하여

더 강해지기 위하여
너는 길가에 꽃잎처럼
세찬 돌개바람을
홀로 맞고 있는가.

더 강한 네가 되려고
너는 그렇게
내리는 소낙비를
홀로 맞고 섰는가.

그러나 더 강해지기란
말처럼 쉽지만 않다는
이 세상을 살면서
너는 스스로
터득해가고 있는 것이지.

누가 가르쳐주지 않아도
세찬 돌개바람과

내리는 소낙비를
너는 스스로
깨달아가고 있는 것이지.

우리에게 꿈은 소중한 자유

우리에게 꿈은 소중한 자유.
헤어나올 수 없는
절망으로 인해
푸른 하늘 날갯짓하는
한 마리 새가 되어 마음껏
날아 오를 순 없지만
우리에게 꿈은 소중한 자유.

우리에게 꿈은 영원한 행복.
깊은 밤 어둠을 밝혀주는
한 줄기 불빛에
진정으로 감사할 줄 아는
그래서 더욱 맑고 밝은
미소로 다가서는
우리에게 꿈은 영원한 행복.

우리에게 꿈은 불멸의 희망.
도저히 거역할 수 없고

너무 쉽게 포기라는 단어를
생각해서도 안 되는
우리가 살다가 목마를 때
샘물 같은 이름으로 노래하는
아아, 우리에게 꿈은 불멸의 희망……

내 마음의 초인종을 눌러주세요

차가운 바람이 부는
한겨울 따스한 가슴을 가진
누군가가 그리울 때에는
내 마음의 초인종을 눌러주세요.

먼 겨울 동산에 흰눈 쌓인
아주 추운 기온 느껴진 아침
어떤 사람 생각날 때에는
내 마음의 초인종을 눌러주세요.

봄볕처럼 퍼져오는 훈풍 그리워서
지난 사랑 추억해보는
이 겨울의 슬픈 어느 날
내 마음의 초인종을 눌러주세요.

슬프지만 아름다운 시

슬프지만
아름다운 시를 읽습니다.
눈물나도록
가슴 아픈 시를 읽습니다

이 시를 쓴 시인은
왜 이렇게
슬프지만 아름다운
시를 썼을까요?

시인의 삶이 칠흑 같은
어둠의 시간이었다면
다음 생에선 가시 숲 풀이
우거진 길을 걷다

여린 살갗 찢겨져
피가 철철 나는
그런 삶이 아니라

일곱 빛깔 무지개 뜨는
동산에 천사가 되어
다시 태어나게 하소서

희미해져 가는 얼굴이 되어

희미해져 가는 얼굴이 되어
저 하얗게 눈 내린
겨울 산자락 한 떨기 눈꽃으로
나의 곁에서 멀어져 간다

담배연기처럼 자욱한 안개 속에
기억의 슬픔들이
내가 살고 있는 이 시간을
빠르게 지나갈 때

나의 곁에서 멀어져 간
보고 싶은 얼굴들이
봄날의 따스한 훈풍 싣고
나에게로 다시 돌아오리라

창밖에 어둠이 내려
아무것도 보이지 않는
침묵을 뚫고

머나먼 곳에서 돌아오리라

소리내지 말고 울어라

깊어 가는 가을밤
구름 뒤로 숨어버린
슬픈 달빛의 그림자처럼
소리내지 말고 울어라.

내가 소리내지 말고
울라는 것은
너에게 결코 구속을
강요하는 것이 아니다.

꿈결 같이 지나는 시간
그 검푸른 멍 같은 시간에
견딜 수 없이
아프고 외로울 때
너 혼자 이겨낼 힘을
기르라는 것이다.

그래도 소리내어

울고 싶을 순간이 오면
아무도 찾아올 수 없는
너만의 아지트를 만들어
그 속에서
너 혼자 울어라.

긴 밤이 지나고
네 울고 싶은 마음
어둠 걷힐 때까지
너 혼자
소리내어 울어라.

비둘기 형제 이야기

너무 무더운 한여름 날
하늘을 날다 공원에
잠시 내려와 쉬고 있던
어린 비둘기 형제가 있었다.

그런데 형인 듯한 큰놈이
동생인 듯한 작은 놈이
목이 마르다고 칭얼대자
잠깐 고개를 갸우뚱하더니

다시 땅을 박차고 날아올랐고
어디선가 두 볼에
물을 가득 물고 오더니
목마른 동생 비둘기 부리에
자신의 부리를 갖다 대주며
동생의 목마른 영혼을 적셔주었다.

그 모습을 우연찮게 지켜본

공원 벤치에 앉아 쉬고 있던
사람들은 형 비둘기에게
박수를 보내주었고
그것이 조금은 쑥스러웠는지
비둘기 형제는
날개를 힘차게 퍼덕이더니
어디론가 날아가 버렸다.

고독이 있어야 행복이 있다

고독이 있어야
행복이 있다.

어둠이 있어야
밝은 빛도 있다.

슬픔과 아픔이 있어야
모든 절망에서
우리 자신을 지탱할
새로운 힘과 희망도 있다.

차라리 그런 사랑하지 마세요

당신이 이 세상을 살다
사랑하는 사람이 미워지면
그리고 당신이 그토록 사랑하는
사람에게 상처를 받게 되면
그 상처가 곪아 터져
피고름 짜낼 때까지 아파하세요.

순간으로 지나간 사랑은
쓰레기 같이 하찮고
부질없는 것이라는 것을
당신은 모르고 살았으니
당신 자신을 자책하세요.

진정한 사랑이라면
모든 것을 다 받쳐도
아깝지 않은 사랑이라면
그 사람의 슬픔까지
감싸주는 햇살이 되세요.

그러나 사랑하면서
이용만 당하는 사랑이라면
당신 가슴에 크나큰
고통만 안길 것이니
차라리 그런 사랑하지 마세요.

내가 아프지 않는 방법은

내가 사랑을 하면서
아프지 않는 방법은
바로 바보가 되는 것뿐.
아무것도 모르는
어릿광대가 되는 것뿐.

내가 이 세상을 살면서
상처받지 않는 방법은
너를 사랑하지 않는 것뿐.
아무것도 알지 못하는
푸른 이끼가 되는 것뿐.

그러나 나 역시 사랑 없인
단 하루도 살 수 없는
나약한 존재이기에
오늘도 어리석은
사랑에 속으며
이 세상을 살고 있는 나.

더 높은 곳을 향해

내 마음 눈물 담은
샘이 생긴 지 이미 오래다.

내 마음 깊고 깊은
연못이 생긴 지 정말 오래다.

푸른 이끼가 끼어야
모든 생명체가
살 수 있다는 사실을 안다.

하지만 현실 속에서 푸른 이끼마저
끼지 않는 샘과 연못은
죽은 곳임을 나는 알고 있다.

이제 외로운 샘과 연못을 떠나
더 높은 곳을 향해
비상할 날을
나는 준비해야 한다.

2015 장애인 창작집 발간지원 사업 선정 작품집

새벽이 오는 소리

1쇄 발행일 | 2015년 12월 20일

지은이 | 정상석
펴낸이 | 정화숙
펴낸곳 | 개미

출판등록 | 제313 – 2001 – 61호 1992. 2. 18
주소 | (04175) 서울시 마포구 마포대로 12, B-109호(마포동, 한신빌딩)
전화 | (02)704 – 2546
팩스 | (02)714 – 2365
E-mail | lily12140@hanmail.net

ⓒ 정상석, 2015
ISBN 978 – 89 – 94459 – 60 – 8 03810

값 10,000원

주최 | 대한민국 장애인 창작집필실
주관 | 장애인인식개선오늘(고유번호 305-80-25363. 대표 박재홍)
심사 | 발간지원 사업 심사위원회
후원 | 대전광역시, 대전문화재단, (재)아름다운가게, 대전시버스운송사업조합,
　　 (주)유진택시, (주)삼진정밀, (주)맥키스컴퍼니, 계간 문학마당